LA STATUE
DE HENRI IV.

ODE.

LA STATUE

DE HENRI IV.

ODE

Par M. le Chevr. DE LANGEAC.

A PARIS,

CHEZ BRUNOT-LABBE, LIBRAIRE,

QUAI DES AUGUSTINS, N°. 33.

M. DCCC. XVIII.

L'hommage le plus expressif que l'on puisse rendre à l'enthousiasme et aux nobles sentiments que fit éclater le 3 mai 1814, sera de reproduire ici le tableau de la joie publique au retour de Trajan dans la capitale du monde.

En lisant le morceau suivant de Pline le jeune, on le prendra pour un historien français :

« Comment le peindre ce jour où Rome, après
» vous avoir si long-temps desiré et attendu,
» eut enfin le bonheur de vous recevoir ? Vit-on
» jamais une entrée plus heureuse et plus ad-
» mirable ? Il n'y eut personne que son âge ou
» son sexe pût empêcher de courir à un spectacle
» si nouveau. Les enfants s'empressaient de vous
» connaître, les jeunes gens de vous montrer,
» les vieillards de vous admirer. Les uns s'é-
» criaient qu'ils avaient assez vécu, puisqu'ils
» vous avaient vu ; les autres disaient que c'était
» maintenant qu'il était doux de vivre ; les fem-

1..

» mes se réjouissaient d'avoir mis au monde des
» enfants, en considérant à quel Prince elles
» avaient donné des citoyens et des soldats. On
» voyait les toits plier sous le poids des specta-
» teurs; les places même, où l'on ne pouvait se
» tenir qu'à demi suspendu, étaient occupées.
» La foule, dont les rues étaient pleines, vous
» laissait à peine un sentier étroit, pour y passer
» à travers le peuple rangé en haie, et partout
» vous trouviez pareille joie, pareilles acclama-
» tions. Il était bien juste que la joie de tout le
» monde fût égale, puisque vous étiez égale-
» ment venu pour tout le monde ; et cependant
» elle semblait redoubler à mesure que vous avan-
» ciez, et, pour ainsi dire, à chaque pas que
» vous faisiez.

   » Qui ne fut charmé de voir qu'à votre retour,
» il n'y avait personne de distingué, dans l'ordre
» des Chevaliers, à qui vous ne fissiez l'honneur,
» et sans qu'il fût besoin d'aider votre mémoire,
» de le nommer par son nom ? Qu'enfin ceux

» qui avaient le bonheur d'être auparavant
» sous votre protection, semblaient recevoir de
» vous plus de témoignages de bienveillance qu'à
» l'ordinaire. Mais ce qui enchantait tout le
» monde, c'était que votre marche était tran-
» quille, autant que la foule de ceux qui ne se
» rassasiaient point de vous voir le pouvait
» permettre; et que, dès le premier jour de votre
» empire, on vous voyait confier votre garde à
» vos citoyens; car vous n'étiez pas au milieu
» de gens armés, mais environné de toutes parts,
» tantôt d'une partie du Sénat, tantôt de l'élite
» des Chevaliers, selon que les uns se trouvaient
» en plus grand nombre que les autres; si quel-
» ques troupes vous devançaient sans trouble et
» sans bruit, l'air et la douceur de vos soldats
» ne permettaient point de les distinguer du
» peuple. Mais lorsque vous commençâtes à
» monter au Capitole, quel redoublement de
» joie pour ceux qui vous avaient autrefois salué
» dans ce même lieu? Ah! sans doute ce fut en

» ce moment que le Dieu qui veille à vos desti-
» nées goûta lui-même, dans toute son étendue,
» la joie que lui donnait son ouvrage.

» Quels ravissements dans la multitude qui
» vous entourait ! Les acclamations se renou-
» velaient sans cesse. Que d'autels fumants par
» toute la ville ! Que de victimes offertes ! Vit-
» on jamais tous les vœux plus parfaitement
» réunis pour un seul homme ? On sentait bien
» que chacun, en demandant votre conservation
» aux dieux, croyait leur demander la sienne et
» celle de ses enfants.

» Enfin, chacun se retira, bien résolu de se
» livrer à de nouveaux transports dans le sein
» de sa famille, où rien n'oblige à feindre de la
» joie quand on n'en ressent pas.

» Un tel commencement eût été difficile à
» soutenir pour tout autre ; mais vous, plus ad-
» mirable et meilleur de jour en jour, vous tenez
» ce que les autres Princes se contentent de pro-
» mettre. Le temps n'a fait qu'augmenter vos

» vertus et notre amour. Vous avez su joindre
» des choses infiniment contraires, la fermeté
» d'un homme qui gouverne depuis long-temps,
» et la retenue d'un homme qui commence à
» gouverner. »

LA STATUE

DE HENRI IV.

ODE.

Ut mater juvenem, quem notus invido
Flatu carpathii trans maris æquora
Cunctantem spatio Longiùs annuo.
　　Dulci detinet à domo,
Votis, ominibusque, et precibus vocat,
Curvo nec faciem littore dimovet;
Sic desideriis icta fidelibus.
　　Quærit patria Cæsarem.
　　　　　　(HORACE, lib. **IV.**)

Que l'ardent Juvénal, armé d'un vers sublime (1),
Renverse, en s'indignant, les monuments du crime,
J'admire des Romains l'inflexible vengeur ;
Qu'il brise de Séjan la statue adorée (2) !
　　Du monstre de Caprée
J'aime à voir où conduit l'ombrageuse faveur.

---

　(1)　　Studium linguæ, Demosthenis arma.
　　　　　　　(PROPERCE, El. 21, lib. III.)
　(2) Vers de Boileau, *Art poétique*, ch. II.

Mais que, de nos bons Rois outrageant la mémoire,
Sur l'airain, sur le marbre, on insulte à leur gloire,
Dans un deuil éternel je me sens abîmé !
Est-ce donc là, Français, rougissez de m'entendre,
    Ce que devaient attendre
Le grand Roi du grand siècle, et le Roi bien-aimé ?

———————

C'est peu de cette injure, il faut un sacrilége !
C'est un père, un héros, c'est Henri qu'on assiége :
Le Crime à la Vertu ne saurait pardonner !
De nouveaux Ravaillacs ont frappé son image,
    Et leur stupide rage,
Une seconde fois, a cru l'assassiner.

———————

Quel monarque pourtant fut aussi populaire ?
C'est lui qui, n'exerçant qu'un pouvoir tutélaire,
Des humbles laboureurs protégeait les destins ;
C'est lui qui fut plutôt leur ami que leur maître,
    Et, sous le toit champêtre,
S'asseyait quelquefois à de sobres festins.

———————

C'en est fait ! du bon Roi la statue est brisée !
Le pauvre, renfermant sa douleur méprisée,
Devant les délateurs doit étouffer ses cris :
Il pleure sur l'airain que sa misère implore,
   Et se croit riche encore
S'il peut en dérober quelques faibles débris (1).

---

(1) C'est à M. le Marquis de Fontanes que je dois cette idée touchante, bien mieux exprimée dans sa prose éloquente que dans mes faibles vers. On a dû remarquer que, sans cesse inspiré par une ame élevée, il a toujours eu le secret de placer des vérités utiles dans ses discours, et d'y montrer de nobles sentiments.

Voilà ce qu'il n'a pas craint de faire entendre publiquement dans des temps orageux :

« Quand le corps politique tombe en ruines, tout ce qui fut obscur attaque tout ce qui fut illustre. La bassesse et l'envie parcourent les places publiques en outrageant les images révérées qui les décorent. On persécute la gloire des grands hommes jusque dans le marbre et l'airain qui en reproduisent les traits. Leurs statues tombent, on ne respecte pas même leurs tombeaux ; le citoyen fidèle ose à peine dérober en secret quelques-uns de ces restes sacrés ; il y cherche, en pleurant, l'ancienne gloire de la patrie, et leur demande pardon de tant d'ingratitude. Cependant il ne désespère jamais du salut de l'Etat ; et même, au milieu de tous les excès, il attend le réveil de tous les sentiments généreux. »

Mais, dans l'ombre des nuits et dans leur solitude,

Ces mots ont retenti : « Cruelle ingratitude !

» Mon cœur a moins souffert d'un parricide acier :

» Ah ! du moins, en tombant sous un coup déplorable,

     » Un seul bras fut coupable,

» Et j'entends accuser mon peuple tout entier !

» Suis-je encor dans ces temps où la France égarée,

» Et de ses propres mains tous les jours déchirée,

» Pour un Roi qu'elle avait a compté cent tyrans ?

» Où, promenant la mort sur nos champs et nos villes,

     » Les discordes civiles

» Du sang de la patrie épanchaient les torrents ?

» Dieux ! que vois-je ?... O Louis !... sa gloire, son empire,

» Et sa femme et sa sœur, son fils, lui-même expire !

» Grand dans sa confiance, au crime il va s'offrir.

» Des monstres ont déjà marqué sa dernière heure ;

     » *Qu'on l'immole ou qu'on meure !...* (1)

» Ils savent condamner !... Aucun ne sait mourir.

---

(1) Ces expressions énergiques se trouvent dans le Discours prononcé le 25 août 1816, à l'Académie française, par M. le Marquis de Fontanes, pour la réception de M. de Sèze.

» Malesherbes, Thiars, Brissac, Mouchy, Brienne,

» Que de vos noms sacrés l'avenir s'entretienne !

» De mon fils, dans vos rangs, placez le défenseur :

» Quand son exemple, un jour, pourra juger les juges (1),

    » Qu'à jamais sans refuges,

» Ils trouvent leur tourment dans le fond de leur cœur.

» Jour affreux ! jour d'opprobre ! O France, ô tête auguste !

» Quoi ! c'est d'un échafaud qu'au ciel monte le juste !

» Régicide Albion ! ton crime est imité !

» Qu'une seconde fois l'inexorable histoire,

    » Pour sauver notre gloire,

» Condamne un vil sénat à l'immortalité.

» Contre un maître aussi doux, rebelles sans courage,

» Le danger n'est pas même un prétexte à la rage :

» Vainqueurs, votre attentat viendra vous protéger ;

» Vaincus, vous savez bien que mon antique race,

    » Trop prompte à faire grâce,

» Trouvera sa vengeance à ne point se venger.

---

(2) M. de Sèze avait eu le courage de dire à la Convention, dans sa défense du Roi : « Je m'arrête devant l'histoire : son-

» Des succès trop payés, quelques palmes sinistres,

» Aux plus lâches forfaits donneront des ministres;

» La gloire trompera mes sujets désolés;

» Un long deuil, remplaçant de ruineuses fêtes,

  » A de folles conquêtes

» Je vois la France entière et mon peuple immolés ! »

L'oracle est accompli ! Déjà, dans nos murailles,

Le fer, l'airain tonnant, sèment les funérailles.

Jusqu'au sein de Paris, vingt peuples en fureur

De leurs sanglants revers viennent laver la honte,

  Et nous demander compte

Des maux que fit sur eux peser notre valeur.

Dieux ! quel heureux pouvoir, quel bienfaisant génie

Saura des nations rétablir l'harmonie ?

Qui pourra de la guerre écarter les horreurs ?

Un nom seul, un seul vœu ! Le sceptre légitime !

  Au respect qu'il imprime,

L'espoir à notre amour s'unit dans tous les cœurs.

» gez qu'elle jugera votre jugement, et que le sien sera celui

» des siècles. »

Telle , depuis un an, de son fils séparée,
Gémit, au bord des flots, une mère éplorée,
Sur eux son œil humide est fixé nuit et jour ;
Il suit, dans ses détours, la rive sinueuse,
    Et sa voix douloureuse
De l'objet de ses vœux implore le retour.

——————

Ainsi, dans une attente aussi juste et plus vive,
Sous un joug abhorré, notre France captive
Sent le besoin d'un chef plus digne de sa foi ;
Notre amour le demande au lieu qui le recèle :
    Un peuple encor fidèle,
En invoquant son Dieu, soupire après son Roi.

——————

Ils expirent enfin ces longs jours de l'attente !
Déjà du Béarnais l'image triomphante
Commande à ce beau fleuve accru par tant de pleurs ;
On la replace aux bords témoins d'un grand outrage :
    Le voilà notre otage !
Son drapeau , son écharpe et ses trois lis en fleurs !

——————

Quels transports animés cette époque vit naître !
Quoi ! c'est lui, disait l'un, qu'on a pu méconnaître ?
Lui, que Paris nommait son généreux vainqueur.
Un autre répétait : Son nom seul nous rallie !
     Un autre enfin s'écrie :
Est-il une vertu qui ne fût dans son cœur !

      ————————

Chacun voudrait toucher l'objet de sa tendresse (1) ;
L'époux, la jeune mère autour de lui s'empresse ;
Leur fils est pour le voir élevé dans leurs bras.
Partout la même ivresse ! elle éclate, elle brille
     Aux banquets de famille,
Où rien n'oblige à feindre un bien qu'on ne sent pas.

      ————————

C'est là qu'on se disait : « Non, France, non, patrie,
» Vous ne méritez point d'être à jamais flétrie :
» Les maux qu'on nous reproche, hélas ! tombaient sur nous.
» Horreur aux forcenés qui furent seuls coupables !
     » Leurs forfaits détestables,
» Notre amour pour Henri les effacera tous !

————————————————————————

(1)   Manu contingere gaudent.   (VIRGILE.)

» Ah ! c'est peu , c'est trop peu d'un monument d'argile ;

» Le marbre , le granit est encor trop fragile ,

» Quand une apothéose est due à ses bienfaits !

» Que d'un long repentir la France tributaire,

  » Noblement solidaire ,

» Dans un bronze immortel le rende à nos regrets. »

———————

Quel bruit ! quel peuple entier se précipite en foule !

Hors des murs, à grands flots, ce peuple qui s'écoule

Veut un instant plus tôt retrouver son appui ;

La joie égale au moins la douleur de sa perte,

  Et la ville déserte ,

Pour escorter son Roi , se repeuple avec lui.

———————

O tableau ravissant ! dans le char qui s'avance

Apparaît, près du Roi, l'ange ami de la France ;

Condé, qui dans l'exil fut le soutien des lis ;

L'inconsolable espoir de sa brillante race ,

  Et dont l'aspect retracé

Tant de jeunes lauriers dans la tombe engloutis !

Regarde, vois, Henri, cet imposant cortége,
Que l'Europe accompagne et que l'honneur protége;
Reconnais tous ces Rois, ton vrai peuple et tes fils !
Entre Louis et toi notre amour se partage ;
   Approuve un tel hommage,
Puisqu'après deux cents ans tu renais dans Louis !

———

Oh ! le plus doux moment de la plus belle fête !
Louis, à ton aspect, et s'incline et s'arrête ;
Il contemple, attendri, ton image et les cieux.
Soudain le vieux soldat te présente les armes,
   Et sent de nobles larmes
Humecter sa paupière et rouler dans ses yeux.

———

Tous les cœurs, à l'instant, s'entendent, se répondent :
Alors, en un seul cri, mille cris se confondent :
Henri, Louis, d'Artois, gloire à ces noms français !
Plus de sang, de combats, d'orphelins ni de veuves !
   Ah ! qu'après tant d'épreuves
Un Roi législateur nous ramène la paix !

———

Du séjour des héros, descends ombre immortelle,
Ombre du grand Henri! Que ce moment rappelle
De la fidélité l'antique et sainte loi!
La France ici t'invoque! et, t'offrant son hommage,
    Au pied de ton image
Jure à tes héritiers l'amour qu'elle eut pour toi.

De l'imprimerie d'Anth°. BOUCHER, successeur de L. G. MICHAUD,
Rue des Bons-Enfants, n°. 34.

www.ingramcontent.com/pod-product-compliance
Lightning Source LLC
Chambersburg PA
CBHW070912200626
46818CB00006BA/2488